AF349576

M. ROUILLARD

D'ANGERS

à BOUGIVAL

(Viâ BRUXELLES)

Extrait des *Notes d'Art et d'Archéologie*

MOUTIERS
IMPRIMERIE F. DUCLOZ
MCMII

D'ANGERS A BOUGIVAL

(Viâ Bruxelles)

M. ROUILLARD

D'ANGERS

à BOUGIVAL

(Viâ BRUXELLES)

Extrait des *Notes d'Art et d'Archéologie*

D'ANGERS A BOUGIVAL

(viâ Bruxelles)

'ABONDANCE des matières, portées par le Congrès Eucharistique d'Angers à l'ordre du jour de ses travaux, le temps très restreint dont il disposait, ont obligé certaines sections à sacrifier une partie du programme qu'elles s'étaient tracé.

Le Compte rendu ¹ nous apprend en effet que la quatrième section, entre autres, s'était trouvée, faute de temps, dans la nécessité de renoncer presque completement à son troisième paragraphe ayant trait à l'étude des objets religieux.

Du reste, une question aussi complexe ne pouvant être tranchée sans une étude longue et approfondie, cette section s'était proposé d'effleurer simplement ce sujet délicat ; aussi la Société de Saint-Jean n'avait-elle pas été sollicitée de prendre part à ses travaux.

Le peu de temps que la troisième réunion espérait pouvoir consacrer à ce sujet s'est trouvé encore réduit et les soixante dernières minutes dont elle disposait ont vu surgir une abondance de vœux et de propositions qui témoignent de la sollicitude des congressistes pour une question si intéressante, mais qui fatale-

---

(1) Voir le numéro des *Notes d'Art et d'Archéologie*, octobre 1901.

ment se ressentent un peu de la hâte avec laquelle ils ont été émis.

Invités par une de ces propositions à tourner les yeux vers la Belgique, loin de nous servir de modèle, l'exemple des Ecoles de Saint-Luc de Bruxelles et de Gand doit nous avertir et nous préserver de leurs erreurs.

Ces écoles ne pouvaient amener ni *une Renaissance artistique* ni *un épanouissement d'art*, car sous prétexte de *retour à une Architecture Nationale*, elles ont basé leur enseignement sur le culte du *faux vieux* et elles ne pouvaient aboutir au *beau* qui ne peut se passer du *vrai*.

Dès leur origine, elles étaient et restent fatalement vouées à une navrante stérilité.

Elles laissent *les jeunes gens se trainer à la remorque* d'une formule moyen-âge aussi fausse que les formules du *Grec* ou du *Romain*.

A l'Enseignement raisonné, à l'analyse des œuvres du passé, indispensables à qui veut assurer l'avenir, ces écoles ont substitué une formule; et là où il y a formule, il ne peut plus être question d'art.

Cette nécessité de l'analyse et non de la copie des œuvres anciennes a été magistralement traitée par M. Lucien Magne dans la note explicative insérée comme conclusion au Catalogue (1) de la si instructive exposition organisée par le Musée des Arts Décoratifs de Bruxelles, dont nous allons parler tout à l'heure et où, pour faire comprendre l'utilité de ces connaissances historiques, il avait été prié d'exposer, à côté de compositions modernes et de plusieurs travaux de restaurations, les études faites par lui en Grèce au cours de ses missions en 1894 et 1895.

« A une époque », écrit-il en tête de ses études sur l'art grec, « où l'on se préoccupe de la formation d'un style contemporain, « on pourrait croire que l'étude des Arts anciens est un obstacle « à la production d'œuvres originales, c'est une erreur que peut

(1) Musées Royaux des Arts Décoratifs et Industriels, Exposition d'Œuvres de M. Lucien Magne, architecte-inspecteur général des Monuments Historiques de France, professeur à l'École des Beaux-Arts et au Conservatoire des Arts et Métiers, et de M. Marcel Magne, artiste-peintre. Catalogue et notes explicatives, Bruxelles, octobre 1901.

Eglise de Bougival, Maître autel (ensemble)

L. Magne, *architecte*   R. de Saint-Marceaux, *statuaire*

« seul expliquer un défaut d'enseignement. En effet, mieux on
« étudie les chefs-d'œuvre de l'antiquité en Egypte ou en Grèce
« mieux on reconnait que pour chaque civilisation les plus belles
« œuvres sont l'expression vive des idées dans un milieu défini
« et qu'elles seraient inapplicables en d'autres temps et en d'autres
« lieux. L'analyse est la meilleure sauvegarde contre la manie de
« l'imitation, parce qu'elle identifie les formes avec l'expression
« des idées différentes des nôtres. Elle nous habitue au contraire,
« par comparaison à faire œuvre d'initiative ; elle nous invite à
« chercher, pour des idées nouvelles une expression particulière,
« tout en nous faisant profiter, pour la perfection de l'œuvre à
« créer, des ressources qu'offrent en chaque matière les méthodes
« techniques consacrées par la tradition. »

Mais, au Congrès d'Angers. on ne juge pas les choses de la
même façon et on y émet le vœu de voir imiter l'Ecole Saint-Luc
de Bruxelles qui, elle, imite les œuvres des xiv° et xv° siècle. Et,
comme toute mauvaise action porte en elle-même sa punition,
elle ne recueille même pas l'avantage de ses faux qui ne trompent
ni n'intéressent personne, non point parce que l'imitation n'est
pas complète ni parfaite, mais parce qu'elle n'est qu'une imitation.
Une analogie nous permettra de faire mieux saisir le fait.

Sans analyser. sans même regarder la nature de l'encre qui a
servi à l'impression, ne voyons-nous pas du premier coup d'œil
qu'une lettre est autographiée et non écrite à la main ; et pourtant
n'est-elle pas la reproduction exacte de l'écriture, l'écriture même
de celui qui l'a tracée ? L'épreuve est plus conforme à l'écriture
normale de l'auteur que celle qu'il tracera peut-être demain alors
que le froid lui aura engourdi les doigts, et pourtant elle ne trom-
pera personne : il lui manque le caractère de vérité qui distingue
toute œuvre personnelle, fut-elle d'ailleurs incorrecte. La forme,
celle qui est la conséquence du coup d'outil qui ici est la plume,
n'est plus motivée, l'esprit en est absent. S'il en est ainsi pour la
reproduction exacte d'une lettre, à plus forte raison cela doit-il
avoir lieu alors qu'il s'agit d'un objet d'art qui, lui, forcément
subit une traduction et une interprétation et de la part du
créateur du modèle et de celle de l'exécutant.

L'enseignement donné dans les écoles citées pourra produire

des objets courants, tous faux, quoique d'une reproduction rigou-
reusement exacte, mais dépourvus de l'esprit qui a présidé à leur
conception et à leur exécution primitive.

Il ne pourra jamais produire une seule œuvre d'art. Et pro-
duirait-il une belle œuvre isolée que le but en art ne serait pas
encore atteint. Etrangère à l'échelle du monument, à la place
qu'elle doit y occuper, elle ne s'identifiera pas à l'ensemble, elle
ne sera jamais qu'un à peu près ; ce qu'est le vêtement tout fait,
qui ne va bien à personne, parce qu'il est destiné à aller à tout
le monde.

Cette imitation de l'Ecole d'imitation, on voudrait la voir nai-
tre à Angers ! cela pourrait en effet accroitre la prospérité commer-
ciale de la ville mais de là à croire (*« qu'au point de vue de l'Art
Religieux, Angers ne se distinguerait pas bientôt entre toutes les
villes voisines »*, ce ne serait assurément que parce qu'elle possé-
derait, elle aussi, sa rue Bonaparte, une des choses pourtant les
moins enviables de la capitale !

Faisons comme nos Pères ! nous dit-on. Certes nous sommes
les premiers à le souhaiter, c'est pourquoi nous ne devons pas
prendre la méthode diamétralement opposée à la leur. Faisons
comme eux, avec la nature pour maître et pour guide, et ne pasti-
chons pas les œuvres de nos prédécesseurs.

Nous sommes le présent qui unit le passé à l'avenir, tâchons
de ne pas rompre la chaîne !

On nous donne pour exemple la Belgique.

Eh bien ! soit ! voyons un peu ce qui s'y passe.

Tâchons de profiter de la leçon qu'elle nous donne aujourd'hui.

C'est chez nous qu'elle est venue la chercher ; n'est-il pas de
toute équité qu'elle nous la rende à son tour. Avec notre manie de
ne trouver bien que ce qui se fait chez nos voisins, si elle nous
revient avec la consécration de l'Etranger, elle aura en France
plus de chance d'être écoutée.

Dans ce pays si fécond en initiative personnelle, où nous avons
vu se créer ces écoles d'art religieux de Bruxelles et de Gand, un
revirement est à la veille de se produire.

---

(1) *Notes d'Art et d'Archéologie*, octobre 1901. Compte rendu du Congrès.

Avec la bonne foi, la droiture qui caractérise le peuple belge, il commence à s'apercevoir qu'il a fait fausse route et qu'il n'est arrivé la plupart du temps qu'à peupler ses merveilleuses églises d'objets d'une banalité désolante.

Et toujours à la recherche du mieux, là où il peut se trouver, il découvre en France, à Bougival, à quelques kilomètres de Paris, un exemple qu'il va mettre en lumière, dont il sera le premier à tirer profit et dont il n'hésitera pas à faire aux Musées Royaux des Arts décoratifs et industriels de Bruxelles, une exposition spéciale.

L'Eglise de Bougival, dont M. Lucien Magne vient de terminer la restauration avait été signalée au conservateur des Musées Royaux des Arts décoratifs et industriels de Bruxelles par un de ses collaborateurs M. Hector Colard 1 . lequel « avait été frappé « de voir comment, dans cette église des xiie et xiiie siècle, l'artiste « moderne, au lieu de s'enfermer, sous prétexte d'unité, dans un « style d'emprunt, s'était abandonné simplement à son sentiment « personnel et avait réalisé une conception décorative qui, par le « seul fait qu'elle était sincère et vraie, ne pouvait détonner avec « l'œuvre également vraie des siècles écoulés.

« Le principe pouvait être discuté, mais cette discussion, il la « méritait à coup sûr et l'idée nous vint aussitôt d'en demander « les éléments à l'Architecte lui-même.

« M. Magne voulut bien s'y prêter avec la plus grande obli- « geance et nous confia toute une série de cartons, de photo- « graphies, se rapportant au travail en question.

« Il éclairait ces productions par des notes explicatives, nous « disant les termes dans lesquels s'étaient posés les problèmes « dont il nous exposait la solution, ainsi que la façon dont cette « solution avait été obtenue. »

C'est à ces notes écrites par une plume plus autorisée que la notre, et que la place ne nous permet pas de reproduire en entier, que nous demanderons de nous dire avec quelle exactitude émue et passionnée l'artiste a reconstitué et fait revivre l'œuvre ancienne, à travers des difficultés de toutes sortes que peu de res-

---

1. Extrait de l'avant-propos du Catalogue cité précédemment.

Eglise de Bougival, Maitre autel (détail)

L. Magne, *architecte*   R. de Saint-Marceaux, *statuaire*

taurations ont connues, et, comment il a complété son œuvre par
un ensemble décoratif qui ne relève pas des Arts des siècles passés,
comme pourraient nous en fournir les écoles rêvées par le Congrès
d'Angers, mais relève de l'ART tout court, qui est de tous les
temps ! de toutes les époques !

NOTICE HISTORIQUE (1

RESTAURATION

L'Eglise de Bougival, élevée à mi-côte dans le vallon boisé
qui descend de la Celle-Saint-Cloud à la Seine, est peut-être le
monument historique le plus intéressant de la banlieue de Paris.
Sa conservation a nécessité l'exécution de travaux difficiles et
parfois périlleux, dont la description intéresse à la fois les artistes
et les archéologues.

L'église primitive dut être construite en la première moitié du
XIIe siècle. Elle ne comprenait sans doute, à l'origine, qu'un chœur
et un clocher flanqué de deux chapelles qui formaient transept.
S'il existait une nef au XIIe siècle, elle devait être de petite dimen-
sion et ne pouvait en tous cas dépasser, en largeur et en hauteur,
l'ouverture de la baie qui existe dans le mur ouest du clocher.

Lorsqu'au XIIIe siècle, on éleva une nef plus large et plus
haute, flanquée de bas côtés, on coupa par la base les saillies des
contreforts du clocher pour agrandir, sans doute, les ouvertures
entre les chapelles du transept et les basses nefs.

Comme la nouvelle nef était plus large que le transept, les
arcs nouveaux ne pouvaient plus contrebuter ceux de la travée
centrale, et leur poussée, s'exerçant tangentiellement à l'arête
extérieure des piles du clocher, en accéléra le déversement, déjà
provoqué sans doute par la suppression de la base des contreforts.

(1) Dans toute cette partie, nous suivons d'aussi près que possible le texte des notes
explicatives du Catalogue, déjà cité de M. L. Magne, regrettant que la place ne nous
permette pas de les reproduire intégralement.

L'architecte qui agrandit l'église, au xiiie siècle, avait négligé de reconnaître les fondations auquel s'adossait le clocher. Or, ce clocher n'était pas fondé ; il reposait sur un banc de pierrailles sous lequel s'étendaient des couches de glaise inclinées, constamment mouillées par les eaux de sources. Par suite de glissements et de tassements continus, les piles du clocher s'infléchirent au point qu'il fallut, au sud, dès le xiiie siècle, passer sous cette partie de l'édifice un arc que consolidèrent ensuite des cintres en charpente. Au xive siècle, nouvelle consolidation dans la nef, dont les voûtes mal contrebutées s'écartèrent et dont les colonnes insuffisamment fondées glissaient sur la glaise. Au commencement du xve siècle, probablement, l'angle nord-ouest du clocher fléchit, pivotant sur l'arête et déterminant la rotation de la flèche, dont les arétiers se déplacèrent de 0^m50 environ, dans leur plan et hors de leur plan. Par suite de l'écartement des piles, l'arc du xiiie siècle s'écroula. Bientôt, les deux dernières travées de la nef éprouvèrent le même sort et la première ne fut conservée que par le cintrage des arcs et le chaînage transversal des murs. D'énormes piliers, achevant de défigurer l'édifice, s'élevèrent en vue d'arrêter l'écartement des murs du clocher.

Ces contreforts, construits hâtivement, nous ont conservé de magnifiques fragments de sculpture provenant des ruines de la nef. Retrouvés, lors de la démolition, ils ont repris leur place dans les travées reconstruites.

L'église était dans le plus déplorable état, lorsqu'en 1853 elle fut classée parmi les Monuments Historiques...

De prétendues réparations l'avaient encore enlaidie... M. Jomard avait laissé un legs important pour la reconstruction de l'édifice. L'Architecte, chargé du projet de restauration, concluait à la démolition et à la reconstruction du clocher. « Il n'y a, selon « moi, aucun moyen », écrit-il dans son rapport du 22 décembre 1855, « de restaurer sérieusement ce clocher qui a atteint la limite « de sa durée, car les matériaux sont écrasés ou décomposés en « grande partie ; les piliers eux-mêmes qui les supportent, bien « qu'ils soient étayés en tous sens, fléchissent sous la charge, et, « les faces de la tour, ayant perdu leur aplomb ont amené la défor- « mation de la flèche, d'où il résulte que celle-ci ne se maintient

« plus que par les tirants en fer qui sont placés à sa base.

« Quarante ans plus tard, bien que, pendant cette période, au-
« cun travail de consolidation n'eût été fait, M. Magne fut chargé
« d'étudier à nouveau la question de la conservation du clocher.

« Le mal s'était aggravé considérablement, le mur du clocher à
« l'ouest s'était ouvert; un écroulement était imminent.

« Après des études qui durèrent deux années, je reconnus (1)
« qu'il était possible de reprendre en sous-œuvre tiers par tiers
« chacun des piliers du clocher à condition de soutenir les char-
« ges supérieures sur des piles auxiliaires en maçonnerie, pen-
« dant l'exécution des fondations qu'il fallait descendre au bon
« sol en traversant les bancs de glaise. »

Dans ses notes si claires et si précises, l'architecte nous fait
assister à ce véritable et émouvant sauvetage, mené dans des
conditions particulièrement dangereuses, sous les murs lézardés
dans toute leur épaisseur et dont il fallait éviter le déversement.

Il nous fait revivre avec lui les six mois de travail incessant
exigés par la reprise de ces piles.

Il nous montre la disposition ingénieuse d'un chainage en
charpente rendant solidaires les quatre murs de la tour.

Puis, nous assistons à la construction des piliers d'étai en
maçonnerie, établis dans les vides des arcs et servant de point
d'appui à des chevalements permettant la reprise, tiers par tiers,
de chaque pile. Pendant ce temps, entre des étrésillons évitant
les glissements de la glaise, la fouille s'exécutait sous le sol, petites parties par petites parties, et à mesure, un béton de ciment et
de gravillon venait remplir l'excavation, jusqu'à ce que les fondations aient trouvé un terrain suffisamment résistant pour s'y
asseoir sans danger.

Sur ces piliers, ainsi reconstruits, nous voyons reporter toute la
charge d'un clocher évidé par deux étages de baies jumelles et
dont les pieds-droits reposaient directement sur les arcs écrasés de
la travée inférieure.

Dans la partie pleine des murs, comprise entre la voûte du
transept et le cordon formant le départ des premières baies du

---

(1) Rapport du 23 juin 1892 indiquant les consolidations à faire. Quelques jours
après, l'architecte était autorisé à les commencer.

Église de Bougival. Autel de la Vierge (abside)

L. Magne, *architecte*   R. de Saint-Marceaux, *statuaire*

clocher, quatre arcs de décharge, tracés et repérés sur chaque face
et dont les clavaux furent incrustés successivement, sans cintre ni
étaiement, assurèrent cette délicate opération et permirent de
reconstituer ensuite sur cintre les arcs déformés dont l'effondre-
ment était imminent. Et enfin, triomphalement, M. Magne atteint
le premier cordon du clocher. A partir de là, la restauration n'était
plus périlleuse, « elle ne consistait que dans le remplacement des
« pierres écrasées et la reconstruction des pinacles dont les témoins
« anciens indiquaient la place et la hauteur.

« Le rétablissement de la nef a suivi les consolidations du
« clocher de l'abside et du transept ; cette nef insuffisante pour la
« population actuelle de Bougival devait être augmentée de deux
« travées. Fallait-il construire une nef complètement neuve ?
« Fallait-il, au contraire, utiliser la travée du XIIIᵉ siècle qui exis-
« tait encore, quoique disloquée, et prolonger une nef dont les
« démolitions fournissaient tous les éléments. La Commission
« des Monuments Historiques a pensé, comme moi, que nous
« n'avions pas le droit de détruire une œuvre ancienne pour y
« substituer une œuvre moderne, laquelle fût-elle parfaite n'aurait
« jamais eu, pour Bougival, la valeur de l'église du XIIIᵉ siècle,
« monument d'art et d'histoire dont les parties encore intactes
« pouvaient être conservées. Ainsi a été maintenue la disposition
« simple et originale de la nef. Ainsi ont pu être rétablis, à
« leur place, les fragments de sculptures encore visibles et ceux,
« plus nombreux encore, retrouvés en démolissant les maçonneries
« de soutien.

« Mais autant il me paraissait nécessaire de respecter tous les
« témoins de l'histoire de l'église, autant il me semblait indispen-
« sable de faire œuvre d'artiste en créant la décoration intérieure
« dont il ne restait aucune trace. Depuis près d'un siècle, les
« architectes semblent s'être astreints, sans motif sérieux à des
« copies de formes qui sont tout à fait étrangères à l'art. En effet,
« l'art vit de créations, non de répétitions, et ce n'est pas parce que
« l'œuvre prendra place dans un monument ancien qu'elle devra
« être un pastiche d'une œuvre ancienne. La piqûre archéologi-
« que, suivant l'originale expression de M. E. Guillaume, assimi-
« lable à la piqûre anatomique, ne peut faire qu'œuvre de mort.

Eglise de Bougival. Le Presbytère.

L. Magne, *architecte*

« Que peut-on exiger de l'artiste, sinon que son œuvre ne soit
« pas discordante, qu'elle se lie par les proportions, par la cou-
« leur, par le caractère, avec le monument qu'elle devra compléter
« et, si possible, embellir?

« C'est ce que j'ai cherché dans la décoration intérieure de
« l'église, pour les autels que j'ai faits en collaboration avec le
« statuaire R. de Saint-Marceaux, pour les mosaïques, pour les
« vitraux, œuvres de mon fils, Marcel Magne.

« L'autel principal a été composé pour occuper le vide de l'arc
« triomphal, à l'entrée du chœur. Aussi ai-je développé le motif
« central de la crucifixion, en l'incorporant au rétable ; et le sta-
« tuaire, groupant harmonieusement autour du Christ, la Vierge
« et saint Jean, a su relier par deux anges, prosternés et abîmés
« dans la douleur, les lignes verticales du groupe principal avec
« les lignes horizontales du rétable.

« La table d'autel qui y est adossée, repose sur six colonnes de
« marbre veiné d'un ton doux. Tout l'autel est en marbre blanc de
« Carrare et le décor polychrome est dû à l'incrustation de mosaï-
« ques de verre, interprétant les lys et les chardons dans le rétable,
« les glycines dans le tombeau. L'interprétation sur les chapiteaux
« en marbre des lys, des roses ou des chrysanthèmes fournit le
« contraste d'un décor de relief avec la polychromie des mosaïques.

« Dans la chapelle absidale, R. de Saint-Marceaux a représenté
« au-dessus de l'autel la Vierge élevant triomphalement son divin
« Fils. En arrière, une mosaïque sur laquelle les roses rouges et
« blanches dessinent un jeu de fond, est traversée par un vol de
« colombes, tandis que, vers le bas, les lys s'abaissent aux pieds de
« la Vierge.

« Les autres arcatures de la chapelle absidale sont aussi garnies
« de mosaïques, au décor floral, dont les cartons ont été dessinés
« sur mes indications par M. Rouillard.

« Sur ces mosaïques brochent des motifs de décoration tirés
« des litanies. Ils sont comme le commentaire des vitraux consa-
« crés à la vie de la Vierge et qui occupent les cinq fenêtres absi-
« dales.

« C'est grâce à un don généreux de Mme Monrival qu'a pu être
« réalisé cet ensemble décoratif. »

Et pour terminer revenons aux vœux formulés au Congrès d'Angers.

Faisons comme nos pères !

Soyons de notre temps comme ils ont su être du leur.

Faisons comme les Belges !

Prenons chez nous les exemples qu'ils ont su venir y chercher.

M. ROUILLARD.

100-02. — Imp. F. Ducloz, Moûtiers (Savoie)